LIVRE DE LA FRANCIADE,

A LA SVITE DE CELLE DE RONSARD.

Dedié à Monseigneur le Dauphin,

Par CLAVDE GARNIER, Parisien.

M. DC. IIII.

In magnis voluisse sat est. Virg.

IE ne m'amuſeray point icy à diſcourir ſur le deſſein de ce liure, ie ſuis las de mettre des cõſiderations en auant, & de rendre conte de mes inuentions à des perſonnes qui n'ont point d'authorité ſur moy, ny n'en doiuẽt auoir. Cela paſſe leur eſprit qui ſe deuroit mieus appliquer à ce qui eſt de leur proportion. Ceus de qui la volonté eſt bonne & le iugement ſain ne me deſauouëront non plus que ie ne voudrois deſauouër de ſatisfaire à leur contentement, mais ſur tout à celuy des Princes qui decorent mon ouurage de leurs noms : car ce'ſt le but principal de mon entrepriſe.

FED. MORELLI PROFES. ET INTERPR. REG. EPIGR. IN. Παραλειπόμενα Franciadis P. RONSARDI, CL. GARNERIO AVCTORE.

NON Quintus maiore animo Smyrnęus Homeri
Iliacum carmen carmine perſequitur:
Quam modò *Franciadem* RONSARDI opus arduum amœni,
Aſt imperfectum, GARNERIVS peragit.
Nec minor eſt Vati Pariſino debita Laurus
Quàm Calabro: minor haud Francias Iliade.
HENRICO nouus en prodit RONSARDVS agente,
DELPHINO Francis veliſicante ſuis.

ODE,

A MONSEIGNEVR LE DAVPHIN.

TON pris ie fis luire naguere
(Brillant d'vne premiere vois)
Aus yeus de ton genereus Pere,
HENRY le Prince des François.
Ores son los ie fay reluire
Deuant les tiens pareillement,
O PRINCE qui mets nôtre Empire
Au comble du contentement.

S'il a cheri ma bien-vueillance,
Quand ton âge renforcera
J'espere que ton Excellence
Mon labeur ne desauou'ra.
Là mon esperance ie fonde,
Et par là (PRINCE) les neuf Seurs
Et Phebus à la tresse blonde
M'entretiennent de leurs douceurs.

Car autrement l'art de mon pouce,
Qui les roches animeroit,
Sur les nerfs de ma lyre douce
Perclus de tout point languiroit.

Et manes fille de Memoire
(Orph'line d'vn Astre si beau)
Periroit dessous l'onde noire
Seruant à mon nom de tombeau.
„ Quelquesfois le dous miel des charmes
„ D'vne vois riche, aßiste mieus
„ Le Prince que ne font les armes,
„ C'est vne ordonnance des Cieus.
„ Le meurtre endurcit le rebelle,
„ Mais la vois, qui flatte les cœurs,
„ Le sçait ranger à la cordelle
„ Par ses enchantemens veinqueurs.
Muse regaigne ta cariere,
Et toy ieune DAVPHIN, qui dois
Planter la Françoise Baniere
Du couchant au riuage Indois,
Reçoy les vers que ie te donne,
Priant ton Pere en ma faueur
(S'il cherit l'heur de sa Couronne)
Qu'il les émaille de bon-heur.
Et comme Alcide en son enfance
Etouffa iadis les Serpens,
Etouffe (ô PRINCE) l'Ignorance
Qui se veut mettre sur les rans
Jalouse, en sa triste pensée,
De ce que i'ose par mes vers
Darder ta gloire balancée
Dans les cantons de l'Vniuers.

LIVRE DE LA FRANCIADE, A LA SVITE DE CELLE de Ronſard.

Dedié à Monſeigneur le Dauphin.

Par Claude Garnier Pariſien.

YANTE *ainſi d'vne prophette vois*
Montroit de rang les Monarques François
Au fiz d'Hector allumant ſa penſée
D'vn bien futur, dont l'amour élancée
Deçà, delà par mouuemens diuers
Luy chatouilloit ſes veines & ſes ners.
Ses yeus couriers de la douce merueille
Qui le rangeoit lentement nompareille,
Temoignoient bien l'vn & l'autre à l'enui
Qu'il s'etonnoit & qu'il étoit raui.
Ce blon Troyen, que l'eſperance affole,
Sans attirer vne ſeule parole
De ſes poumons la contenance auoit
Et le maintien d'vne amante qui voit
Celuy qu'elle aime, & qui d'age premiere

Brule son ame & la tient prisonniere.
A bouche ouuerte, à regars demi-clos,
A front changeant, muette de propos,
Elle enuisage, en son ame charmée,
Le iouuenceau qui la rend enflammée.
Tantôt ses yeus elle porte en ses yeus,
Tantôt sa leure, en courans pretieus
Elle regarde, & tantôt elle œillade
Ses blons cheueus, qui seruent d'embuscade
A l'Archerot qui parmi ses beautez
Naure son cœur Orphelin de libertez.
Ainsi Francus regardoit l'affluance
De ses neueus, qui deuoient à la France
Donner un iour, couronnez de Lis d'or,
Leurs mandemens, & par un braue effor
Reduire au ioug de leurs dextres apprises
Les nations de toutes pars conquises.
Des maluiuans les actes imparfaits
Ne l'arêtoient, éioui par les faits
Plusgrans en nombre & flamboyans de gloire
Des genereus embellis de victoire.
Qui pourroit mettre en memoire les fleurs
Que le Printemps émaille de couleurs;
Et qui pourroit encores mettre en nombre
Ces petits feus qui roullent d'un pié sombre
Autour du char que la brune conduit
Quand le iour tombe, & que l'oscure nuit,
Sous le profont d'un voile qui l'enserre,
Monte à grans pas des ombres de la terre;
Celuy pourroit les charmes raconter
Et les plaisirs qui peurent surmonter
Son cœur épris d'une alegresse pure.

Au dous objet de sa race future.
Hyante adonc le contemplant ainsi
D'amour captiue, & pleine de soucy
D'entrètenir sa liesse connue:
Prince, (dit elle) à qui ie suis tenue
Plus qu'à nul autre, ô Prince genereus,
Dont le regard tendrement amoureus
Pourroit d'vn Scythe émouuoir la franchise,
Enfant d'Hector que le Ciel fauorise
De mille dons que les Astres amis
Depuis mille ans en reserue t'ont mis.
Puis que ie voy que ma peine t'agrée,
Que mon deuoir ta poitrine recrée,
Ie suis contente, & ne me chaut d'auoir
Quitté le iour ponr descendre au manoir
Du Roy Pluton couronné d'oubliance,
Parmi l'horreur & parmi le Silence.
Il ne m'en chaut, & si ie mens helas!
Que ton bel œil ne me cherisse pas,
Et que mon ame à iamais soit priuée
De ta memoire à la mienne engrauee.
Par l'ombre noire, & par l'obscure nuit
De ce lieu sombre où Phebus ne reluit
Je te le iure, & par les gresles tourbes
Que l'on y voit, & par les fleuues courbes
De maints replis deçà delà retors,
Et par la barque où l'on passe les mors,
Et par les Seurs qui deuident nos vies,
Et par Cerbere, & par les trois Furies,
Et par ce Dieu qui leur baille ses lois,
Et par Hecate. ingrate ie serois,
Digne de blame, & d'honneur aduersaire,

(Prince Troyen) si i'allois au contraire
De ton decret, & si ta volonté
N'etoit le but de ma felicité.
Par toy mon frere a gauchi l'ordonnance
Du grand Geant éleué d'arogance,
Qui sans ton aide, & qui sans ton effort
L'alloit soumettre aus rigueurs de la mort.
Tu m'as d'ailleurs à ma seur preferée,
Qu'Amour auoit de sa fleche acerée
Conioint e au frein de tes graces, qui font
Mesme ternir les Deesses au front.
Bien qu'elle fut & plus ieune & plus belle,
Tu m'as pourtant choisi par dessur elle,
Et sans viser à ses libres appas
Tu m'as vouluë en ne la voulant pas.
Et si la Parque en cete dure épreuue
L'a fait descendre ombre legere au fleuue
De l'Acheron deplaisant à ramer,
Sienne est la faute, on ne t'en doit blâmer.
Ce n'est pas l'eau qui les barques enuoye
Dessous les eaus, c'est le vent qui les noye.
Mais ce qui plus (ieune Prince Troyen)
Me sçait contraindre à te vouloir du bien:
Ce qui m'elance à te faire seruice
De meilleur gré c'est ta beauté nourrice
De mes pensers, & mere de mes yeus:
C'est ton maintien qui figure les Dieus,
C'est ton corsage, & ta Diuine race
Digne des cieus, qui les autres surpasse
Comme une mer surpasse de ses eaus
Et les etans & les petis ruisseaus.
„ La passion qu'Amoureuse l'on nomme,

„ Qui iour & nuit les entrailles consomme
„ Est grande en force, & bien qu'en ces lieus cy
Le feu naissant de l'amoureus soucy
N'allume point, si faut-il que i'auoüe
Que l'air plutot s'ouurira d'vne proüe,
Et que plutost les herbes & les fleurs
Dessur les eaus epandront leurs couleurs
Que tant soit peu ie mette en oubliance
Le iour fatal que ta cresspe iouuence
Frappa nos bors, & que mon pere eut l'heur
De reçeuoir ta Royale grandeur
En son Palais: ce fut là que ta veuë
Surprit la mienne, & mit à l'impourueuë
Dans mes espris vn Idé' qui sera
Tant qu'en mon cors mon ame habitera.
Qui ne plíroit en souuenance telle
Son col donté? la marguerite est belle
Fille du Gange, & beau le diamant,
Plus beau ton cors en ton accoutrement
Apparut lors à ma veue offencée
Tes yeus brilloient en leur flamme élancée
Comme Vesper quand elle arange au soir
Les autres feus, & que le iour va choir
En Occident, où les molles Nauondes
Au pie d'Atlas baignent leurs tresses blondes.
Tel fut Achile, & pareil fut encor
Le preus Iason Roy de la toison d'or:
Comme à ces deus vne blonde ceinture
Frisoit ta leure, & la viue teinture
De ton beau teint comme à ces iouuenceaus
Joignoit l'œillet aus lys qui sont nouueaus.
Ta bouche étoit à la Rose pareille,

D'ou s'eleuoit vne douce merueille
En ton parler, & d'où le miel d'vn ris
Qui respiroient vn autre Paradis.
Tes blons cheueus s'ecoulloient par ondees
Vers ton oreille, où les Graces guindees
Et les Amours, les Ris & les Appas
S'entr'égayoient ores haut ores bas.
L'on pourroit mieus resister aus allarmes
D'vn large camp perruqué de gendarmes
Qu'à ces beautez; quelle grace, quel port,
Quelle douceur honoroient ton abord!
Mais i'en di trop, mieus vaut que ie me taise,
I'enfenteroy la tristesse en mon aise,
Mon feu seroit par vn autre abusé,
„L'on cherit plus ce que l'on voit prisé.
De ce Cahos l'Emperiere charmee,
De ton merite en son cœur allumee,
Pour s'enrichir en son affection
Te pourroit mettre en sa possession
Comme Adonis, & ie seroy contrainte
Comme Venus de m'en aller atteinte
Par mons & bois, où les cheueus epars
I'elanceroy mon soin de toutes pars;
La mort plutost à cette heure me priue
De sentiment que ce danger m'arriue.
Elle vouloit allonger ses propos,
Quand Francion, ressentant dans ses os
Vne double aise, emeu d'impatience
Luy repondit. I'auroy pris ma naissance
Dans les rochers & parmi les aesers,
I'auroy tiré mon essence des mers,
I'auroy succé la mammelle d'vne Ourse,

Belle Princesse à mes veus non reboursе,
Digne du sang des Corybantes vieus
(Princes bien-neȥ qui furent tes ayeus)
Si pour te rendre aggreable seruice
Je ne t'offroy mon cœur en sacrifice
Pour l'immoler auec sujetion
Sur les autels de ton affection.
  Je te suis plus obligé qu'à mon Pere
Cent mille fois & qu'à ma propre Mere:
De toy Princesse un plaisir ie reçois
Qui ne se peut annoncer de la vois,
Ny moins penser, & parmi l'Ambrosie
De ta faueur & de ta courtoisie
Tu fais couler en ma loüange aussi
Le dous Nectar de ton los adouci.
  Je suis honteus d'une faueur si grande,
Le plus diuin de la celeste bande
En ces honneurs deffiant rougiroit,
Car aucun d'eus suffisant ne seroit
De telle gloire où nulle ame n'aspire.
  Hyante helas! que n'ai-je le bien dire
D'une Pithon! ie tâcherois au moins
Que mes discours en fussent les témoins.
  Je tacheroy degarni de puissance
D'y suruenir par une bien-disance,
» Car la parole & sa douce vigueur
» Forcent l'oreille & derobent le cœur.
  Je ne t'ay fait belle vierge Royalle
Que de la peine, & te rendant égale
Aus Deitez ha! tu me rens un bien
Que sans mentir ie ne merite en rien.
  Par moy ton Pere est priué de sa fille

Ta ieune seur, & toute sa famille
En est en trouble epointe de sa mort,
Dont par la cause on me donne le tort.
Par moy ce Prince arrache d'heure en heure
Sa moitte barbe, il se lamente, il pleure,
Honnit de cous sa poitrine & son chef,
Au souuenir d'vn si triste mechef.
D'ailleurs encor' tu quittes les delices,
Les gays soulas & les cheres blandices
Qui sont en Cour, pour descendre auecq' moy
Dans les Enfers ou demeure l'effroy.
C'étoit assez que ton Pere Dicée
(D'vn étranger que l'onde courroussée
Pasle & deffait à son bort auoit mis
Loin de moyens, de parens & d'amis)
En benin cœur, en ame liberale
M'eut hebergê dans sa maison Royale
Comme son fiz, & que d'vn inconnu,
Tout descire, tout perclus, & tout nu,
Sale de bourbe, & mouillé de l'orage,
Il m'eut cheri d'vn si grand auantage
Que de m'offrir en faueur de mon nom
Son alliance honnorable en renom,
Sur tant de Roys me voulant pour son gendre.
C'estoit assez d'auoir tant d'aigné prendre
En ma faueur de peine que d'auoir
Quitte le iour & descendre au manoir
Du Roy Pluton couronné d'oubliance,
Parmi l'horreur & parmi le silence.
C'estoit assez, mais par trop mille fois
Sans m'elargir au dous vent de ta vois
Tant de vertus & de louanges telles

Que l'on en donne aus races eternelles.
Quand bien i'aurois une bouche d'acier
Ie ne sçaurois assez remercier
Ta bien-vueillance; un Dieu plus necessaire
A peine, Hyante, y pourroit satisfaire,
Heureus le iour que les flos courroucez
L'un contre l'autre affreusement poussez
Mélez d'éclairs de tempeste & d'orage
Firent tomber mes pouppes au naufrage!
Heureus ce iour! heureus les rudes vens
D'aile contrraire horiblement sifflans!
Heureus le souffre & la nuit effroyable
Qui me couurit ce iour épouuentable!
» D'un sujet triste un dous effet prouient,
» De l'eglantier la belle rose vient.
Sans l'accident qui mit cette iournée
Mon chef au bord de la mort retournée,
Ie n'eusse eu l'heur (Hyante mon soucy)
De te connoitre, & les graces außy
De ton visage, & ma gloire etouffée
De mes enfans eut été le trophée.
Je t'en ren grace, ô Déesse Junon,
Cuidant l'honnir tu releues mon nom,
Le fiz d'Alcmene eut pareille auanture.
Je t'en ren grace, & toy de la Nature
L'antique mere, ô Cybelle qui fis
De si bons tours aus Pergames amis,
Si quelque iour la fortune m'octroye
De releuer une seconde Troye
Aus bors de Seine, ores ie te promets
Que ta grandeur ie n'oubliray iamais,
Ny tes honneurs, & ta gloire choisie,

Pour auoir mis dedans la fantaisie
Du Roy de Crete endormi dans son lit
En mon secours le songe qui me fit
Connoître Hyante, & ma race promise
Pour commander à la Gaule soumise.
Et toy Fortune, incertaine en ta loy,
Fay maintenant ce que tu veus de moy,
Je souffriray, courageus, pour atteindre
A mes destins que l'on ne peut enfreindre.
Ny large fleuue & ny mons atherez,
Ny murs, ny tours, ny scadrons équarrez,
Ny sang, ny mort, ny machines guerrieres,
N'allanteront mes conquestes premieres.
Je n'ay franchi miraculeusement
L'ire des Grecs, en vain le truchement
De Iupiter n'a ses ailes calées
Deuers Butrote à rames égalées.
La belle Hyante à qui Francus auoit
(Tant le desir brusquement l'émouuoit)
Au parauant la parole trenchee,
Reprit son erre, & dedans soy touchee
De bien-vueillance auecque passion,
Luy dit ces mots tous pleins d'affection.
Prince Troyen, si ie voulois répondre
A ton parler, capable de semondre
Les passes [illegible]ors à regaigner le iour,
Le temps helas! me seroit par trop court.
L'heure vrayment plutot que la parole
Me deffaudroit tant mon esprit s'affolle
De te complaire, & tant i'ay de plaisir
De marier ma peine à ton desir.
Mais donnon treue aus humbles courtoisies,

D'autres projets armon nos fantaisies,
Que ie t'apprenne, instruit en mon sçauoir,
Ce que tantost ie vouloy conçeuoir
En tes esprits de ma langue prophete,
Lors que ta vois d'impatience attraite,
Ainçois d'amour, à tranché mon discours
En sa ferueur au milieu de son cours.
„ Le tems perdu iamais ne se recouure,
„ Le iour arriue, & puis la nuit le couure
„ Soudainement de son voile profont;
„ L'Occasion s'empoigne sur le front:
„ Quand vne fois elle a franchi cariere,
„ Et quelle montre à nos yeus le derriere
„ De son blanc chef depourueu de cheueus,
„ L'espoir alors s'elogne de nos veus.
Sçache qu'vn Prince encore de ta race
Te manque à voir qui les autres surpasse
Comme les Cieus deuancent de leur tour
La moindre terre, & comme fait le iour
Le plus serain de sa lumiere pure
Le tems plus sombre & la nuit plus oscure.
Ce Prince grand en nombre le dernier.
Mais en vertus diuines le premier
De tous ceus la que la sainte influance
A mis pour toy dedans ma connoissance
Doit bien-heuré de la faueur des Cieus
A l'auenir commander en tous lieus,
Du Garamanthe aus deus Ourses humides,
Et du blon Gange aus brunes Hesperides,
Ou le Soleil tout suant & tout las
Tombe sous l'eau deuallé contre bas.
Je ne te puis raconter l'excellence

D'vn tel Monarque honneur de ta semence,
Je me sen feble au nombre de ses faits,
Le cœur me tombe en vn si pesant fais,
Sa moindre gloire etonne mon courage.
Icy ie voy sa lance qui saccage,
Et là son glaiue en flammes reluisant,
Tranchant, couppant, renuersant & brisant.
Deçà i'auise, en douceur nompareille,
Sa bonté chere & l'vnique merueille
De sa clemence, & delà i'apperçoy
La pieté qui reluit en sa foy.
Je suis égale, en ces faits qui me virent
De tous costez, aus filles qui desirent
Cueillir des fruits sur les arbres qui sont
Dans les vergers empourprez sur le front.
Ore vne pomme, ore vne autre se montre,
Deuant leurs, yeus, la datte se rencontre,
Or' la cerise, ores la poire, & tant
De fruits dorez d'vn melange êclatant
Luisent pat tout, qu'elles balancent toutes
Ou leurs desirs veulent prendre leurs routes.
Comment pourrois-je aspirer aus honneurs
D'vn si grand Prince & dire ces valeurs?
En sa prouësse vn tel foudre etincelle,
Qu'il n'est esprit qui soudain n'en chancelle
De tous côtez, & n'y si mâle cœur
Tant soit-il rare en effet belliqueur,
Et ny si braue au maniment des armes,
Qui ne s'etonne au bruit de ses allarmes.
Ton Pere Hector familier de l'effroy
Pourra t'instruire es destins de ce Roy,
Te faisant voir sous contrainte figure

Naiuement

Naïuement sa Maiesté future.
Par son moyen (comme Prince aguerri)
Tu connoitras le grand Prince HENRY,
L'heur des BOVRBONS, ainsi Troyen l'on nomme
Ce Roy futur que la Parque renomme.
Et connoitras (peut estre) les vertus
D'vn sien ENFANT, qui des Cieus deuetus
Recueillera les richesses plus dignes,
Pour honnorer ses loüanges diuines.
A tant se teut, & Francus tout ioieus
D'vn tel Neueu gloire de ses neueus,
Remercia la Princesse cherie,
D'affection la coniure, & la prie,
Prie, reprie, & la reprie encor'
D'acheminer cette faueur à port.
Emeu d'ardeur & tout ruisselant d'aise
D'vn si grand heur, il l'embrasse, il la baise,
Iure en sa main par les fleuues d'embas
Qu'elle est son tout, qu'il desire en ses las
Viure & mourir, & que son cœur n'aspire
A meilleur bien que d'estre en son Empire.
Au son charmeur de ses coulans propos
Les vains espris dépouillez de leurs os
De toutes pars d'vne sombre trauerse
Entr'acouroient en maniere diuerse
Autour de luy, rauis de son parler,
Comme l'on voit les oisyllons en l'air,
Encourtinez de peintes ailerettes,
Quand le Prin-tems s'embellit de fleurettes.
Et comme on voit en la mesme saison
Dedans les prez les trouppes à foison
Qui font le miel, chacques Lys en noircissent,

Et d'vn lon bruit les campagnes fremissent.
Hector y vint le Pere de Francus
Prince vaillant, par qui furent veincus
Tant de Gregois étandus sur la poudre,
Au parauant que l'eclair & la foudre,
Et que l'effort des Atrides eut mis
Ilion bas au desastre soumis.
Qu'il étoit bien differant de corsage
A cet Hector qui d'vn braue courage
Darda la flamme és nauires des Grecs,
Et les caillous élancez comme trais,
Et qui reuint en pompe dans sa ville
Etincellant des armures d'Achille!
Hyante, dont les sens étoient comblez
D'enthousiasme, en voyant assemblez
Tous ces espris elle reconut l'ombre
Du preus Hector, pasle, greslette & sombre,
Du preus Hector qui ne connoissoit pas
Son fiz aimé: car le bléme trespas
Le fit passer en l'auare nacelle
Auant qu'il eut delaissé la mamelle.
Troyen (dit-elle) ores le tems nous rit,
Ie voy ton pere en qui le destin mit
Tant de vertus en largesse admirable:
Ie reconnoy ce prince venerable
Sous l'aguillon de la diuinité
Par qui ie sens mon esprit agité
D'vne fureur diuinement profette:
Il t'apprendra ce que ton cœur souhaitte,
Mais parauant fay retirer d'icy
Tout prontement le melange noirci
Des bruns espris, à celle fin qu'il boiue

Le sang coulé de l'offerte, & reçoiue
Par le breuage admirable en effors
Encore vn coup l'vsufruit de son cors:
Tel qu'il etoit quand sa viue paupiere
Gouttoit du iour la commune lumiere,
Et que son ame en ses conionctions
Face valoir toutes ses functions
A sa moitie pour un tems r'assemblee:
„ Car sans le cors dont elle est affublee
„ Bien qu'elle agisse elle ne peut agir;
„ L'ame peut tout, & si ne peut regir
„ Sans compagnon, luy seruant de maniere
„ Que fait au bois l'ecorce nourriciere.
Francus atteint d'vn extreme plaisir
A ses propos redoubla son desir:
A l'auertir d'Hyante il s'appareille,
Puis d'vne main de sang toute vermeille
Sacqua le glaiue, & tout soudainement
Feit retirer, prons à son mandement,
Tous les espris, comme de leurs houlettes
Les patoureaus leurs trouppes camusettes,
Pour faire boire en venant des patis
Où quelque mere, où bien quelques petis,
En la fontaine: ainsi l'ombre Hectoree
Resta seulette, & beut demesuree
Le sang humide à lons trais epuisez
D'vne onde rouge, & les sens diuisez
Se reioignans à leur forme premiere,
Et l'ame agile à sa lourde matiere,
Hector parut en la mesme façon
Qu'Hector etoit quand sous l'horrible son
Plein de frayeur de ses bruyantes armes

Il enfonçoit au milieu des allarmes
Les vaillans Grecs, étonnez de le voir
A leurs talons sa grand lance mouuoir.
Ce Prince étoit de la teste à la plante
Vetu de fer, où s'éleuoit brillante
Mainte graueure, en ses varietez
Baignant les yeus de cent felicitez.
En premier lieu sa teste fut couuerte
D'vn ample casque, ou rechignoit ouuerte
La gueule fiere à la Gorgonne, dont
Les yeus froncez luy sillonnoient le front.
Dessur le casque vne effroyante creste
En double horreur s'eleuoit, & le feste
A lons replis deçà delà iettoit
Un long pannache où la crainte flottoit
Mille coulleurs roullantes par ondees:
Telles qu'és eaus des riuieres bordees
De tendre mousse & d'herbage & de fleurs
On les peut voir quand les ieunes couleurs
De l'abondance és campagnes se virent
Et que du bor' en l'onde elles se mirent.
Son gardecol, en deualant plus bas,
De rayons d'or mesurez par compas
Fut embelli d'vne egalle distance.
Là s'eleuoit d'vne longue ordonnance,
Peinte en azur, la grand' boule des cieus,
Où cheminoient blondement radieus
Les astres clairs embellis d'etincelles,
En teint diuers en carieres isnelles.
En Orient les vns faisoient leur cours,
En Occident les autres au rebours
Mouuoient leurs pas d'vne entre-suitte claire

Et de biaiz les autres au contraire
De part & d'autre élançoient leurs crins blons
Et deuers l'Austre & vers les Aquilons.
Dessous, abas, d'une moindre étanduë
La terre en rond s'aualloit suspenduë,
Comme le fer demeure suspendu
Sous de l'aimant au dessus ētandu.
Fleuues, citez, mers, chateaus & montagnes,
Arbres & fleurs, ornement des campagnes,
Apparoissoient en l'enclos de ses flans;
Poissons, oiseaus, animaus cheminans
A quatre piez, & ceus qui dans la plaine
Diuersement rempent à lente peine,
Et quant ė quant les hommes dont le front
Sē leue en haut ou les deïtez sont.
A l'enuiron d'une course legere
Alloit Fortune ingratte & mensongere
De toutes pars, à talons emplumez,
Les yeus contreins sous un voile enfermez.
Entre ses dois élle auoit une tasse,
Large en rondeur, profonde en son espace,
Où les humeurs qui des astres coulloient.
Sans la combler de tous liens distilloient.
Dessous la terre (autant que dessus elle
Montent les cieus) la spelunque mortelle
Du pasle Enfer apparoissoit aprez:
L'arbre du Songe entr'éleuoit auprez
Son brun fueillage où le Somme reside,
L'un prenant l'autre à fin d'étre son guide.
Là se trainoit le fleuue d'Acheron,
Là demeuroient & Cerbere & Caron,
Les trois Fureurs & les ames damnees,

Et les trois Seurs qui de nos destinees
Trament le cours, engeance de la nuit,
Cœurs sans pitie que la clemence fuit.
Sus trois quarreaus ces trois Parques ridees,
Aus chefs grisons, aus œillades bordees
De rouges pleurs, aus sourcis renfroignez,
Aus teins fletris mornement rechignez,
L'une aprez l'autre, à front bas accroupies,
Tenoient en main l'ouurage de nos vies.
L'une filoit, & faisoit en filant
En pirouëtte aller en sautelant
A ses côttez la tournante fusee
De la main destre au filet amusee
Soigneusement, & de l'autre allongeoit
L'humide fil quelle desengageoit
De la filasse en tortis epoissie,
Sur la quenouille en la cime grossie.
L'autre d'ailleurs arangeoit les fuseaus
Au deuidoir, & de ses lons ciseaus
L'autre couppoit, inhumaine en courage,
Les rons filets au milieu de l'ouurage.
Deuant leurs piez, arangé de trauers,
Etoit vn coffre, où les fuseaus diuers
De ces trois Seurs que la rigueur assemble
Pesle meslez se confondoient ensemble,
Et de la terre, où logent les humains,
Fortune dure epanchoit de ses mains
Sur leur ouurage, en diuerse accuointance.
La tasse large, où pleuuoit l'influance
Des feus du Ciel, & tout relant & noir
Le Tems ailé, secondant son pouuoir
De sa grand' faus qui toute chose mine

Guidoit au cours l'influance diuine.
Tel fut d'Hector l'excellent garde-cous,
Le corcelet auancé par dessous
A rayons d'or eut pareil auantage.
Par le deuant au milieu de l'ouurage
Dardan fut peint, iettant le fondement
Premier de Troye, au labeur animant
Les artiZans soigneus à l'entreprise.
Ilē auecq' Tros en differante guise
Pareillement y furent engraueZ
L'vn aprez l'autre, augmentans releuez
Les murs Troyens ; & de pareille sorte
Laômedon par vne bonne escorte
Apres ces deus auecq' ambition
Les reduisoit à la perfection.
Là fut Neptun le Monarque des ondes,
Et là Phebus aus belles tresses blondes,
Au menton nu, Phebus le Roy des vers,
Des mons, des vaus, & des boccages vers,
Et dont les dois marieZ à l'Yuoire
Guident au bal les filles de Memoire.
Ces Dieus courbeZ à guise de maçons
Portoient la pierre en diuerses façons
Bannis des Cieus, ores à la trüelle
Ils auançoient la muraille nouuelle
Des Phrigiens, ores auecq' le plon
Ioint à la corde ils mesuroient en lon
D'yeus mi-fermeZ les moilons & la pierre,
Au compas ore & tantost à l'equierre.
L'vn transformoit en portes les caillous,
L'vn cizeloit, & l'autre des lons cous
De son marteau (suant par le visage)

Faisoit trembler & sonner le riuage
Tout à l'entour alleché de guerdon.
Le Sceptre en main le Roy Laômedon
Les regardoit en barbe venerable,
En longue robbe, en visage honnorable,
Et se montroit dans l'œuure tout ioyeus
De voir ses tours en la voute des Cieus.
Troye a l'eccart par un effort de guerre
Gisoit d'ailleurs en des monceaus de pierre,
(Fascheus obiet) & parmi cet effroy
Laómedon le Seigneur & le Roy
De la Cité rougissoit en ses armes,
Etendu mort auecques ses gendarmes.
„ L'estre de l'homme, & l'etat des humains
„ Se change à moins de remuër les mains.
En autre part s'eleuoit redressée
Grande, superbe, aus astres élancée,
Fertile en biens, ample en felicité
La mesme ville excellente en beauté,
Comble de peuple & de braue Noblesse,
Où commandoit, inegal en proüesse,
Le Roy Priam nompareil en enfans,
De riche gloire & d'honneur triumphans.
Là maints Palais se cachoient dans les nues,
Là maints Portaus s'eleuoient dans les rues
D'or & de marbre, & maints temples dorez
Où les grans Dieus se voyoient honnorez.
Là dans l'enclos des places bien quarrees
Les Iouuenceaus aus perrucques dorees,
Soupples de reins, picquoient de tous costez
Les cheuaus prons sous le frein surmontez.
L'un voltigeoit ondoyant de poussiere,

L'autre èlançoit vne pleine carriere,
L'autre à courbette, & l'autre se mouuoit
A bride ronde, & parmi se pouuoit
Encore voir cette belle ieunesse
Luitter, sauter d'vne pronte alegresse,
Lancer la barre, & courir, & tirer
La fleche au but où l'on veut aspirer.
Icy d'ailleurs s'exerçoient les grans Princes,
Et les Seigneurs des meilleures Prouinces
A rompre au cours en armes vn long bois,
L'vn contre l'autre attachez au pauois.
Aus deus cottez des lices arrétees
Apparoissoient des barrieres plantees
Ceintes de peuple, où des archers tenoient
Tout en bon ordre, où les heraus sonnoient
Les clairons dous mariez aus trompettes:
Et ce pendant aus fenestres (attraites
D'allechement) les Dames de la Cour
Seconds Soleils flamboyoient à l'entour.
Icy le bal qui rechauffe les ames,
L'heur des amans, & le soucy des Dames,
Sentretenoit, icy les cornets tors,
Icy la harpe, icy les dous accors
Des Phifres gays resonnoient par les sales,
Où les flambeaus & leurs flames (égales
Aus feus du ciel) ês planchers eclatoient,
Et de la nuit les ombrages dontoient.
Icy les plas differans en viandes
Etoient portez en manieres friandes,
Icy les vins fumeusement exquis
Par qui les cœurs sont doucement conquis.
Deça marchoient les ieunes épousees,
Aus beaus cheueus, aus allures posees,

Au sein paré de menus afficquets:
Et les suiuoient, couuertes de boucquets
Et de chappeaus, maintes filles pucelles
Aus dous regars, & marchoient deuant elles
Au gré d'Amour & de la vanité
Les iouuenceaus enfans de la Cité
D'un pié leger, remarquant en la dance
Des instrumens & l'ordre & la cadance,
Femmes, enfans, & vieillars sur leurs huis
Les contemploient de liesse rauis.
De là tracez par un bel artifice
Apparoissoient les hommes de iustice
En leurs Parquets, en front graue & chénu.
Bas à leurs piez le vulgaire menu
La bouche ouuerte & la veuë attentiue
Les regardoit, & d'aßistence actiue
Aus deus cottez deus huißiers dilligens
Prétoient silence aus Juges vigillans,
Qui d'ame droitte & de vois mi-partie
Rendoient iustice à chacune partie.
Sur la tassette, au bas du corcelet,
Furent portrais beus & vaches à lait,
Cheures, mouttons conduis à la pature,
Et les bergers au sein de la verdure
Entrecouchez de long & de trauers
Sous le couuert des boccages plus vers,
Comme à l'enui d'une grace parfaitte
S'entr'egayoient au son de la musette.
Leurs gras betail etoit d'argeant & d'or,
Et sous leurs piez couloit d'argeant encor
Vne onde claire en gemmes reluisante,
Qui d'une roche attirant sa descente

Par un pertuis sollicitoit les yeus
A se ranger au sommeil oublieus,
Tant son murmure & sa douce rapine
Forçoient les sens & gaignoient la poitrine,
Les animaus d'un long mugissement
En demontroient un dous ressentiment.
Là par le frais des branches plus nouuelles
Diuers oiseaus à longues tires d'aîles
Voloient de cuiure & d'etain façonnez.
Là dans l'ouurage (au desastre amenez)
Les dains suiuis des meuttes emplumees,
En cornes d'or fuyoient par les ramees
Auecq' un bruit, & la fleche & les dars
A leurs talons voloient de toutes pars.
D'autre cotté par les tendres prairies
Les amoureus & leurs Dames cheries
Alloient au gré de l'Enfant de Cypris.
Les vns couchez, de veine en veine épris,
S'entrebaisoient en diuerses manieres:
D'autres gouttoient les delices entieres,
D'autres contoient à propos retranchez
Leurs passions, & leurs feus attachez
Dedans leur ame egalement soumise.
Les vns dançoient, les autres en chemise
A la fraicheur banquettoient, & leurs chars
Les attendoient en la campagne épars.
Icy brilloient (émaillez en l'armure)
Des vandangeurs en plaisante graueure,
Là reluisoient des mores outerons,
Là flamboyoient des neruens bucherons
Chacun à part en façons differantes:
Ceus cy tranchoient de serpes diligentes

Les raisins murs de pourpre colorez,
Et les rangeoient en des paniers dorez,
Que les garçons & les filles simplettes
Portoient de rang par les marches étrettes
D'un beau sentier en longueur applany;
Puis reuenoient par le sentier uni,
Puis retournoient à l'œuure commencee.
Ceus-là, courbez à poitrine baissee,
Faisoient tomber au milieu des guerets
Les fruits barbus de la blonde Cerés
L'un dessur l'autre au choc de la faucille,
Et les valets en bande qui fourmille
Les ramassoient, & lioient, & suans
Les arangeoient en iauelles dedans
Une charette, & de courses roullees
Les emmenoient aus granges reculees.
Ceus-là tomboient sous l'effort de leurs bras
Des grans forests les grans arbres à bas,
De long, de large, & les fendoient à force,
De part en part & d'ecorce en ecorce,
Les ébranchoient, les rognoient, les rengoient
Sur des mulets que ployans ils chargeoient.
Leurs dos fumoient, & leurs iambes mouillees
En chancelloient debilement pliees,
Les chemins blans de nege tous couuerts
En noircissoient de long & de trauers.
Telle graueure, honnorable d'histoire,
Du preus Hector hoste de l'onde noire
Embellissoit le corcelet doré,
Du beau Francus & d'Hyante admiré
Pour sa valeur & pour son excellence;
Et reçeuoient une extreme allegence

En leurs trauaus de contenter leurs yeus
Sur tel ouurage aimable & pretieus.
Ils regardoient ses gantelets encore,
Et ses brassals luisans comme vne Aurore,
Quand dessur l'onde elle peigne ses crins
Eparpillez dessur les flos marins.
Ils regardoient ses cuissots faits par lames,
Ou tressailloient mille petites flammes,
Et regardoient, iointes à boucles d'or,
Pareillement ses greues, où la mor
D'vne grande Ourque aus meurtre familiere
Se remarquoit dessur la genouilliere.
Ils admiroient son glaiue reluisant
Au bout d'agathe, au long fourreau pesant
Beau de rubis & de perles meslees:
Mais son bouclier aus bandes égalees,
Au large tour de lustres éclarcy,
De Francion fit rider le sourcy
Plis dessur plis, & luy fit dauantage
Ternir les yeus & palir son visage,
Et fit leuer encores en son chef
Les cheueus drois, émeu par le méchef
De ses parens & de son riche Empire
Sur le bouclier graué de longue tire.
La s'eleuoient les noces de Thetis,
Où tous les Dieus, les grans & les petis
Se contemploient d'vne large assemblee
Toute paisible, & tout soudain troublee
Par la Discorde, & là d'vne autre part
Se remarquoit en peinture à l'ecart
Le iugement des trois Deesses nues.
La sur les flos des campagnes chenues,

D'ailleurs Helenne & son rauissement
Se contemploient aueq' étonnement.
Là d'autre part, sous le grand Duc Atride,
Les Grecs armez abandonnoient Aulide,
Et d'auirons tortement égalez
D'autre costé fendoient les flos salez
De l'Helespont, & comme un grand orage
Des Phrygiens abordoient le riuage.
Deça marchoient eleuez en des chars
Ambassadeurs éleus de toutes pars:
De là bronchoient au maniment des armes
Les soldats Grecs, & les Troyens gendarmes.
Icy l'horreur, icy couroit la mort,
Icy le feu temoignoit son effort,
Icy les cris entrefendoient les nues,
Icy le bruit des trompettes aigues.
Hector icy contraignoit les Gregeois
A cous de roche, ore à cous de lonbois,
Tuoit Patrocle, & brauoit en sa ville
Etincellant des armures d'Achile.
Icy tomboit Sarpedon le vaillant,
Icy bronchoit sous le coup assaillant
A ners glacez, à prunelle voilee
Memnon sanglant, icy Panthasilee.
Là Diomede, au secours de la nuit,
Auec Vlysse aus cautelles instruit
Meurtrissoit Rhese, & là Venus atteinte
Seignoit à part sous les armes contreinte.
Là sur la poudre autour de la Cité
Le Peleide au courage indonté
Du grand Hector, à ses forces contraire,
Viroit le corps enfiellé de colere.

Là Priam vieil, entamé de regrets,
Auecq' Mercure alloit au camp des Grecs
Pour l'inhumer, là Paris inhabile
En trahison faisoit mourir Achile.
Icy les Grecs inclinoient à la paix,
Icy le peuple alegrement épais
Faisoit rouller en differante ioye
Le cheual feint dans la ville de Troye.
Icy la dance animoit les haubois,
Icy les Grecs du grand cheual de bois
Entrecoulez (au gré de la feintise)
Prons s'emparoient de la ville surprise
D'vne autre part, & d'vn sourd chamaillis
Tranchoient les cors de vins enseuellis,
Où tout leur camp noircissant de vaillance,
(Fauorisé de l'aimable silence
Du coy flambeau qui redore la nuit)
Se venoit rendre: vn tintamarre, vn bruit
Voloit par tout, vn rompement de portes,
Vn son profond de personnes mi-mortes
Prises au lit, & bref, parmy les feus,
Le Roy Priam Prince trop malheureus
Vomissoit l'ame en faillances pleintiues,
Et son épouse & les Dames captiues
De ça de là gisoient de tous costez,
Et les thresors l'vn sur l'autre emportez
Sauuez du feu, (pitoyables relicques!)
Tristes obiets! simulacres bellicques!
Dont la figure émailloit de fin or
A l'enuiron la rondache d'Hector
Dans les enfers, rondache non commune,
Où dans le fons se lisoit la fortune

D'Æstianax, & comme il arriua
Que du malheur Iupiter le sauua
Pour estre vn iour, au gré de sa puissance,
Le tige heureus des Monarques de France.
Le filz d'Hector ainsi plongoit ses yeus
Sur le harnois de son pere en tous lieus
Differemment, & la Princesse Hyante,
Ouurant sa bouche alegrement contente,
Luy dit en sorte, ô Prince bien heuré
Voila ton pere en armes honoré,
Le Preus Hector qui te doit ore instruire
Des veritez que ton ame desire.
Le voila tel & d'egale façon
Qu'Hector etoit quand sous l'horible son
Plain de frayeur de ses bruiantes armes
Il enfonçoit au milieu des alarmes
Les vaillans Grecs, étonnez de le voir
A leurs talons sa grand lance mouuoir.
A tant se teut, & le ieune Scamandre
Ouurit ses bras afin de les étendre
Impatient deuers son Pere, mais
Cuidant trois fois l'embrasser par le fais
De son armure, autant de fois son pere
S'enfuit de luy comme vne ombre legere,
Pareil aus vens emplumez, & pareil
Aus songes vains les enfans du sommeil.
Pere tres cher, race Dardanienne,
Vaillant Hector, qui l'onde Phrygienne
Du fleuue Xanthe enchantelé de cors
Teignis au sang des aduersaires mors
(Ce disoit-il) ô le miroir des Princes,
Et l'entretien des lointaines Prouinces,

Pourquoy

Pourquoy fuy tu me reculant tes pas
Quand ie m'auance & te iette les bras?
Ie ne suis point (ce que tu crois peut étre)
Un de ces Grecs qui sous l'Ætride, maitre
De nos Citez, broncherent furieus
Les murs Troyens eleuez iusqu'aus cieus,
Et qui, vangeurs, sous les fers & les flammes
Sceurent briser la pompe des Pergames.
Je suis ton fiz, de toy-mesme receu,
Ta chair, tes os, dans le ventre conceu
De ton epouse, he! donc ne me recule,
Je meurs en l'ame, & desireus ie brule
De te parler, borne tes pas, & puis
Ouure l'oreille aus propos de ton fiz.
Mais de ces lieus infernalement sombres
Les Deïtez, qui disposent des ombres,
Fraudent peut estre en leurs abusions
Les sens charmez de leurs illusions.
Ainsi disoit l'heritier de Phrygie,
Quand de rechef d'une vois bien regie
Son pere Hector ainsi luy répondit:
Les Deïtez hotesses de la nuit
(Tirant des Cieus leur essence diuine)
Meuuent sans fraude, & iamais Proserpine
Fille à Iupin, ny son epous aussi
N'ont abusé nulle ame en ces lieus-cy.
L'etat des mors est de telle nature,
Jls vont sans chair, sans os & sans nerueure,
Car le feu pront les consomme, & l'esprit
Quittant les os blanchissans, l'ame fuit
De toutes pars, volante en mesme sorte
Qu'un songe vain que le sommeil apporte.

Mais répon moy iouuenceau qui te dis
Sang de mon ſang & t'appelles mon fiz,
Vien tu ça bas pour accroitre le nombre
Des vains eſprits qui cheminent par l'ombre,
Ou ſi tu vis habitant des maiſons
Où le Soleil, le Pere des ſaiſons,
Darde ſes rays d'une courſe mi-ronde?
A voir tes yeus, à voir la toiſon blonde
Qui de ton chef honnore les beautez,
A voir ton port thrône des maieſtez,
La Parque fiere encore n'a flechie
Ton ame vefue & de cors & de vie.
Si donc tu vis, he! comment ô bons Dieus!
Es-tu venu dans le regne oublieus?
C'eſt une choſe aus viuans mal-aiſee:
Maint fleuue grand d'une large briſee
Flotte à l'entour & mains larges foſſez,
Ternes, obſcurs, & de bourbe poiſſez,
(Frayeur des ſens) l'Ocean le couronne,
Qui ne ſe peut traietter de perſonne
Aucunement s'il n'enferme ſon cors
D'un bon nauire & dedans & dehors,
Bien remparé contre les vagues perſes.
Dy moy comment de ſes larges trauerſes
Tu peus auoir les abymes franchis?
Et de quels lieus de nobleſſe enrichis
Ores tu ſors? & pourquoy, ſans me taire,
L'occaſion (ſi tu veus ſatisfaire
A mon deſir) pour laquelle ta vois
Me nomme ainſi ton Pere à chaque fois?
J'ay bien memoire, ô memoire eternelle!
Que t'en laiſſay pendant à la mamelle

Autrefois vn, parauant que le sort
Trop malheureus m'eut conduit à la mort,
Et que le trait de l'enfant de Pélee
Meut par hazard la prunelle voilee,
Pour se venger de son meilleur amy
Dessous ma lance à iamais endormi.
J'eu cet enfant d'Andromache ma femme,
Auant que Troye eut fait ioug à la flame
Des Mirmidons; cette Princesse étoit
Fille au Monarque Etion qui portoit
Des forts Thebains le sceptre & la couronne.
Ore à cette heure (ainsi le Dieu qui tonne
Le delibere) il erre par les eaus
Deça de la, porté de ses vaisseaus
A la mercy des vagues inhumaines,
Pour releuer les murailles hautaines
De notre Empire au bordage Gaulois,
Et pour donner essence aus meilleurs Roys
De tout le monde: une verte ieunesse
Marche auecq' luy, reste de la noblesse
Des Phrygiens, & gaillarde le suit,
Comme en esté dans le sein de la nuit
Les astres clairs de l'etoile fouriere
Suiuent la routte en beauté la premiere,
Ou comme on voit diuers petis bouillons
Dessur les eaus, brillans sous les rayons
Du Soleil apres; une bande chemine,
L'autre la suit d'une route argentine
Tousiours croissante à bouillons resuiuis.
Les regardans, en leurs veines rauis,
D'yeus arétez les regardent, & pensent
Que maints guerriers sur les ondes s'auancent.

Mon filz de mesme est suiui de ses gens,
Si les destins & les Dieus vigilans
Ne sont menteurs, & si la foy respire
Au firmament ou son front doit reluire.
Il peut bien estre, & de forme, & de tems
Ores pareil à ton ieune printems,
Car il fut beau, de maniere attrayante,
Poupin, gentil, au reste mon attente,
Pour estre vn iour l'appuy de mes ans vieus,
Sans la rigueur des Astres & des Cieus.
„ L'hommé desseigne, & les Dieus qui pourpensent
„ D'autre maniere au contraire balancent
„ En leurs decrets le decret des humains:
„ Et la fortune aus incertaines mains
„ Sourit aus vns, & des autres se ioüe
„ Poussez en bas du plus haut de sa roüe.
Quand tout mouillé de sang & de sueur
Ie reuenois, éclatant de lueur,
De moissonner les Dolopes gendarmes
Comme epis murs sous l'effort de mes armes:
Quand tout las (dis-ie) & tout soul de ruër
Les ennemis que ie vouloy tuër,
Ie reuenois en maiesté guerriere
En mon Palais, d'vne allegresse entiere,
Toute confitte en extreme soulas,
A ce mignon i'etendoy les deus bras,
Afin d'etreindre en cheres accollades
Son petit cors, & mirer ses œillades
Qui surmontoient de clarté les clartez
Des feus du Ciel aus rayons argentez,
Et ce Poupin, nompareil en blandice,
Coulloit sa teste au sein de la nourice,

Criant, pleurant, tout effrayé de voir
Dessur ma teste en mon casque mouuoir
(Tissu de crins) à flottes vagabondes
Mon long panache entreglissé par ondes.
Ce que voyant, en mon ame charmé,
Je deposoy mon armet emplumé
De crins flottans, & le mettois a terre,
Et i'embrassoy, comme fait vn l'hierre,
Mon petit fiz à mes veus adoucy:
Puis le tenant ie requerois ainsi
Les immortels: ô Iupiter! ô Pere
A qui la terre & le ciel obtempere!
Et vous ô Dieus grans en diuinité
Qui demeurez auecq' sa Maiesté;
Faittes qu'vn iour cet enfant que ie porte
Dans les combas ait la dextre aussi forte
Que moy son Pere, & qu'il soit honnoré,
Cheri, prisé, iustement reueré
De nos Troyens comme ie le puis estre:
Et qu'il se montre & leur chef & leur maitre
Virilement, à fin que reuenu
De la bataille, en tous lieus reconnu
Pour sa valeur, il egaye sa mere,
Et que l'on dise il surpasse le Pere.
Ainsi priois-ie, & le rengeant au sein
De mon épouse odoreusement plein
Ie reuetois ma sallade emplumee
Pour retourner à trauers de l'armee
Comme deuant, & d'vne telle vois
Ma triste femme ainsi ie consolois.
Tres chere epouse admirable en courage,
Borne ton soin, ne pleure dauantage,

„ Il faut mourir, on ne peut euiter
„ La volonté du grand Dieu Jupiter,
„ Bonne ou mauuaise en fin la destinee
„ Doit commander à toute chose nee;
En cet enfant asseure ton destin.
 Cette pauurette en son œil enfantin
Se rasseuroit pleurante & souriante
Egallement, & dançoit mi-contente
Mignardement dans l'enclos de ses bras
Son fiz Scamandre auecques du soulas.
 Or plaise aus Dieus touchez de bien-vueillance
De le conduire, & leur sainte influence
Tousiours destille, exente de méchef,
Heureusement sur l'honneur de son chef,
Et de sa mere en quelque par qu'il erre,
Dessur la mer ou bien dessur la terre,
Car d'etre vif dans le fond des enfers
Il ne se peut, il visite les mers,
Loin de ces lieus, & les terres étranges
(Comme ie croy) desireus de loüanges,
 Francus oyant son Pere discourir
De sa fort. ne eut desiré mourir,
Tant le regret agitoit son courage
Au souuenir de son desauantage.
 Le froit, le chaut en leur suitte diuers,
De veine en veine, & par dedans ses ners
Se rencontroient, une haleine pressee
Le suffoquoit aus poumons offencee;
Soupirs, sanglos en sa bouche flottoient,
Et l'un à l'autre à l'enuy combatoient.
 Puis en l'obiet de ce nom de Scamandre
Il fit (contreint) de ses beaus yeus épandre
Mains larges pleurs en sa face roullans:

Comme l'en voit, en l'atteinte des vens
De l'Orient, distiller des montagnes
La nege pronte à couler ès campagnes,
Quand les Zephirs ont soufflé par dessus
Leurs hauts sommets humidement bossus,
Fleuues, etans, riuieres & fonteines
En ce debord se comblent toutes pleines.

Adonc soulé de soupirs & de pleurs,
Nez de sa peine extreme en ses douleurs,
Hector, dit-il, Andromache est ma mere,
Je suis Scamandre, & tu fus mon cher Pere,
Je t'en asseure, & si ie men d'vn point
Que les malheurs ne m'abandonnent point,
Tousiours fuitif de vilage en vilage,
De bourg en bourg, sans auoir l'auantage
D'eleuer Troye auecques le harnois
Dedans vn isle au riuage Senois,
Pour faire naître en Royale ordonnance
Les Empereurs du Royaume de France.

I'ay mains perils ja de-ja trauersez,
I'ay mains écueils & mains sables passez,
I'ay par les eaus couru mainte fortune
Au gre du ciel, au plaisir de Neptune
Et de Iunon la metresse des Cieus,
Et de Pallas, & de ces autres Dieus
Qui sont ialous de la gloire Troyenne:
Mais s'il te plait que l'effet i'en apprenne
A ta grandeur, ô Pere écoute moy
Je t'en diray les raisons, & pourquoy
Ie suis icy conduit par la ieunesse
De cette belle & sçauante Princesse,
En qui les cieus & les astres amis

Ont le meilleur de leur puissance mis.

Incontinent que ton ombre legere
Eut conseillé mon oncle ton bon frere
En ma faueur (Helenin qui sçauoit
Tous les destins, & qui rare pouuoit
Les deuancer d'vne course doublee)
Incontinent il fit vne assemblee,
Le peuple y vint accouru de tous lieus,
De sa nature & pront & curieus.

Il fit silence, & le bon Roy ton frere
Leur dit comment ie t'auois pour mon Pere,
Connu de tous, & comme il arriua
Que du malheur Jupiter me sauua
Diuinement, au secours d'vne feinte,
Quand Troy' fut prise, & comme pour la crainte
Des Grecs veinqueurs il celoit ma grandeur,
Et qu'en maints lieus (nourrissant vne ardeur
En son esprit de me rendre capable
De commander par vn sort fauorable)
Il m'auoit fait vn lon tems voyager,
Allant, courant maint pays etranger,
Et que depuis seulement vne annee
I'etoy venu trainant chaque iournee
Obscurement, & que mesme du ciel
L'Ambassadeur aus paroles de miel
Auoit pris terre és murs de Chaonie
De par son Roy, pour luy dire l'enuie
Qui le tentoit de me voir prontement
Aller en Gaule, & mettre vn fondement
De nouueaus murs aus deus bors de la Seine,
D'où floriroit vne race hautaine
De Roys Sceptrez, pour commander vn iour
De l'Orient (où flambe le retour

Du blon Soleil) iusqu'à l'autre limitte
Qui le reçoit au giron d'Amphitrite.
Mesme le Dieu, qui preside aus combas,
Vétant le chef & le cors & les bras
Et le parler de ton fidelle Arage,
A cet effet m'anima le courage
En me tançant, & de mesme aus Troyens
De l'entreprise il ouurit les moyens.
Adonc triant la plus verte iouuence
J'en fis un gros & prenant une lance
(Par qui Scamandre eut le nom de Francus)
Ie me disposo à terrasser veincus
Ceus qui voudroient aréter ma fortune.
Ma chere Mere en douleur non commune
De large pleurs mon depart arosa,
Mais le destin ses larmes accoisa,
Si bien qu'aprez une longue priere
A Jupiter, d'une amour singuliere
Elle me fit (riche en son ornement)
Un present beau du rare vétement
Que tu portas quand, ô cruelle ioye!
La belle Heleine ariua dedans Troye,
Puis s'en alla defaillant par les sens,
Et mon cher oncle, auecques des encens
Et des taureaus faisant un sacrifice,
Me discourut la sente mieus propice
A mon voyage, & retirant ses pas,
Voisins des flos nous primes le repas,
Et dans l'oubli noyames nos paupieres
Quand le Soleil eut borné ses carieres.
Dés aussi tost que l'Aube en souriant
Eut enionché les plaines d'Orient
De viues fleurs & de gemmes brillantes,

Frãcus de Pheré-enchos qui signifie en Grec porte-lance.

Je pri᷑ les Dieus, & leurs graces veillantes
Sur les humains qui leur sont consacrez:
Puis démarant nos vaisseaus desancrez
Nous fimes voile, & ioyeus en nos ames
D'auirons tors les ondes nous tranchâmes.
En ce pendant le Monarque des Cieus
Dessus Olympe auecques tous ses Dieus
Nous regardoit, & les Nymphes mouïllees
Dançoient de ioye en robes ècaillees,
Mais (las!(Neptune, enfielé du guerdon
Que notre ayeul le Roy Laomedon
Luy denia, conuocqua les tempestes,
Qui tout soudain roullerent sur nos testes
De chacques pars auecq᷑ vn large bruit:
Le feu, le souffre, & l'horreur & la nuit
Par trois Soleils couurirent nos carenes,
De peur d'orage & de bourrasques pleines,
Les vens tonnoient, & les diuinitez
Fermoient l'oreille à nos infirmitez.
Vne barquette en ce cruel orage
Apparoissoit relicque du naufrage,
Quand, sous l'effort d'vn tourbillon mouuant,
Elle donna par vn contraire vent
Sur vne roche, & du flot ramenee
Toute en eclas, de mesme retournee
D'vn autre flot, au bor de ce rocher
Elle se vint de rechef attacher.
Vint Cheualiers nos parens, & l'elite
De mes vaisseaus, en la barque petite
I'auoy transmis, en diligence entrez,
Voyant du feu nos vaisseaus penetrez.
D'ongles forcez au rocher nous montames,
Et tous bourbeus la terre nous baisames

A demi-mors, tellement que notre œil
Abandonna sa prunelle au sommeil.
Tandis Cybelle, aus Troyens fauorable,
Pria le Songe à l'aile dissemblable,
Aus piez de vent, au visage douteus,
D'aller planter son fantôme nuiteus
Dans les espris du bon Prince Dicee
Roy du pays, en-yurant sa pensee
D'vn pront desir de chasser, à l'instant
Que le Soleil en son char éclattant
Rayonneroit au couppeau des montaignes:
Ainsi chassant à trauers les campagnes
Aprés vn Cerf, il trouua sur les bors
Des flos salez nos miserables cors
Plas étandus, la meute nous reueille
Au son du bruit coulé dans notre oreille.
Ce clement Prince amiablement dous
S'aréta court & s'informa de nous
Qui nous etions & de quelle contree;
Puis nous targans de la race illustree
Des Phrygiens il nous fit sustenter:
Mais quand ce Roy m'entendit raconter
Que de ton sang ie tiroy mon essence,
Il nous conduit auecq' magnificence
Courtoisement en son Palais, & là
Superbement le festin nous bailla,
Me donnant place entre Hyante & Clymene,
Ses filles dont la beauté souuereine
Flamboit ainsi qu'vne Rose au Printems.
Le souper fait l'amy des ieunes ans
Le bal se fait, où ces Dames surprises
En mes attraits perdirent leurs franchises.
Apres ce Roy me raconta comment

Vn Geant fier auoit au monument
Voué son fiz ; ie m'offre à le combattre,
Et fis si bien que ie le sçeus abatre
Dessous mes cous, imprimant les sablons
De son grand cors & de ses membres lons,
Et deliuré de ma dextre honnoree
Du brun trepas son ieune Prince Oree.
Le Roy charmé de cet euenement,
Baigné de pleurs & de contentement
M'offrit sa fille, & pour grace me rendre
A toute force il me veut pour son gendre,
Mais le destin, de mon ame vainqueur,
Ne me permit d'auoüer la faueur
D'vne telle offre, & pendant les Princesses,
Folles d'amour, aspiroient aus adresses
Pour m'attirer, & leurs plus dous ébas
N'étoient fondez qu'à chercher des appas.
Or comme vn iour, pensant à mon affaire,
Je mesuroy pensif & solitaire,
Les bors marins, pour voir si mes vaisseaus
Au gré du vent tourneroient par les eaus,
Un trouppeau Saint de belles Nymphes blondes
En ma faueur apparut sur les ondes
A front d'azur, & toutes d'vn accord
Firent ma barque ariuer sur le bord,
Et m'œilladant la blanche Leucothee
(De mes destins, gratieuse, tentee)
Par le vouloir des astres & des cieus
Elle me dit en quels étranges lieus
Je passerois, & que la belle Hyante
Je courtisasse, admirable & sçauante
En l'art magicque, à fin que son pouuoir
Me fit les Roys l'vn apres l'autre voir

Qui sortiroient de mon anticque race:
Et par le feint d'vne contraire face
Au mesme tems Cybelle au vieus sourcy
Mere des Dieus) me le redit aussy.
Pendant Clymene ardentement éprise
Me coniura d'amoureuse entreprise,
Mais, reiettant sa lettre & ses amours,
L'impatiente en limitant le cours
De son prin-tems se noya sous les ondes,
L'engloutissant en leurs vagues profondes,
Le Pere triste & conduit à pitié
Changea l'ardeur & la douce amitié
Qu'il me portoit en rancune bouillante:
ce tems pendant ie courtizois Hyante
De plus en plus, & bref ô cher parent,
Vaillant Hector en vertuz apparent,
Cette Princesse, à mes veus fauorable,
Ma fait descendre en ce lieu redoutable,
Pour voir les Roys qui de moy descendroient,
Et des François les Sceptres soustiendroient.
Prés des Espris la Princesse affolee
Se tient là bas furieuse & troublee
Reuante à soy, là voila tu la vois:
Quant à de moy si tu ne me connois,
Si de ma vois tu ne crois nulle chouse,
Voy le manteau que ta dolente épouse
Ton Andromache autresfois me donna
Quand ie partis. Hector s'en étonna,
Le reconneut & la brodure entiere:
Adonc ce Prince éleua la visiere
De son armet en la creste emplumé.
Trescher enfant que i'ay si fort aimé
(Ce dit-il lors) ó l'attente de Troye!

Quel dous soulas! quel plaisir! quelle ioye!
Roule en mes sens de te voir icybas!
Ie n'attendois où regne le trepas
Tant de bon heur! ô douce geniture!
O le sujet de ma gloire future!
Je ne voudrois auecques les mortels
Viure honnoré de pompes & d'autels,
Et n'auoir eu cette bonne fortune
De voir ta face en beauté non commune,
Heureus obiet qui me fait trouuer dous
Les deplaisirs qui logent auec nous.
Quand vn nauire en l'effort de l'orage
A miserable éprouué le nauffrage
Contre vne roche, on voit de toutes pars
Les sumergez dessus la vague epars
Fendre le cours des campagnes de verre.
Si dauanture ils auisent la terre,
Vne liesse entame leurs esprits,
Hector ainsi fut ioyeus de son fiz.
Lors Francion, touché d'impatience
De ses destins & de leur influance,
Luy dit ainsi: Pere ton dous parler
Me fait és ners des liesses couller
Dont le plaisir excede la pensee:
Mais cette fille, à mes veus élancee,
M'ayant à l'œil d'vn long ordre montrez
Mes descendans couronnez & sceptrez
De fleurs de lys, elle m'a dit en somme
Que le dernier, que la Parque renomme,
En ses valeurs ses forces deuançoit,
Et qu'vn tel Roy, que la vertu conçoit,
Vaillant sur tous au metier de Bellonne
En son destin requeroit ta personne

Braue & guerriere, & que tu me pourrois
D'vn mesme train, d'vne pareille vois
Dire l'honneur de son fiz, qui doit estre
Fiz de mes fiz & de France le maitre.
S'il te plait donc ô Pere bien aimé
Raconte moy le destin renommé
Du grand HENRY, ses faits & son histoire,
Et l'auanture & la future gloire
De son DAVPHIN, son fiz qui doit encor',
En l'Vniuers replanter l'age d'or.
Æ tant Hector répond de la maniere,
Ie te diray les merueilles du Pere,
Bien qu'vn Dieu mesme eut peine à raconter
L'heur de ce Prince, & mesme vn Iupiter,
Car icy bas, si l'amour nous demeure,
Ie t'aime encore, & si i'ay mandi l'heure
De mon trépas rigoureus en sa loy,
Mon cher enfant ce ne fut que pour toy.
Quant à son Fiz cela fuit ma puissance,
Je ne le puis, car ce n'est l'ordonnance
„ Des Cieus voutez, on doit en chaque lieu
„ Tousiours porter obeissance à Dieu.
La Deïté qui preside en la Seine
T'en instruira d'vne bouche certaine,
Quand tu seras aprez mille peris
Deuers ses bors de ta race cheris.
Et par aprez vn long siecle d'annees
Le rebruiront les paroles bien nees
D'vn chantre saint des Muses honnoré,
Qui doit pousser dans le ciel azuré
(Bien agité) la Françoise Prouince
Riche en son heur, moyennant que son Prince
Æ son merite égale ses faueurs,

[illegible] de biens & d'honeurs.
Mais [illegible] Grans au contraire ne rient
A ses labeurs, si l'oreille ils ne plient
A son amour, Phare de leurs renoms,
A leur dommage il brisera les tons
Et de sa vois & de sa douce lyre,
„ Car le Poëte (en qui Phebus inspire
„ Tant de grandeurs) vogue soudainement
„ En l'Ocean du mécontentement.
„ Et se doit bien rechercher d'autre sorte
„ Qu'vn Imager, dont la peinture morte
„ Suiette aus ans n'affranchit du trepas.
Hector ainsi, Francus ainsi là bas
Entre-parleient, & la trouppe des ombres
Qui cheminoit par les campagnes sombres
En sauteloit, quand vne pronte horreur
Saisit l'Enfer, vne brusque fureur,
Vn bruit diuers, vne étrange tempeste:
Adonc Hector ouurit sa bouche, preste
A reciter les destins de HENRY,
De la Fortune & des Cieus fauori.
Muse, qui tiens les sommets de Parnasse,
Ancre à ce port, attendant que la grace
D'vn vent second fauorise à nos veus:
Et qu'vne étoile, agreable en ses feus
Brille sur nous; & puis si l'equipage
Ne sympathise auecques le voyage,
En pois egaus, on peut certainement
Courir fortune, & perdre en vn moment
Mainte richesse, & maint thresor d'elite,
Comme vn Nocher qui les Indes visite.

FIN.

www.ingramcontent.com/pod-product-compliance
Ingram Content Group UK Ltd.
Pitfield, Milton Keynes, MK11 3LW, UK
UKHW020451230726
13925UKWH00005B/1872

9 782013 554060